Ministère de l'Instruction publique.

Rapport

au nom de la Commission spéciale [*]

instituée par M. le Ministre de l'Instruction publique

pour étudier les Questions

qui se rattachent,

soit à l'Administration, soit à l'Enseignement

du Muséum d'Histoire naturelle,

par M. Corne,

Membre de l'Assemblée Nationale.

1973

[*] Cette Commission est composée de MM. Héricart de Thury, Président, Ch. Deville, Secrétaire, Boussingault, Corne, Gaudichaud, F. Génin, Isidore Geoffroy-Saint-Hilaire, de Lafresnaye, Michelin, Passy (Antoine), De Verneuil. M. Dumas a fait aussi partie de la Commission et a pris part à ses premiers travaux, jusqu'au moment où il a été chargé du portefeuille de l'Agriculture et du Commerce.

Rapport.

Monsieur le Ministre,

La Commission installée par votre prédécesseur pour étudier les questions qui se rattachent, soit à l'administration, soit à l'enseignement du Muséum d'histoire naturelle, a terminé son travail. Elle a l'honneur de vous en soumettre les résultats.

Le Muséum d'histoire naturelle, par le renom des savants qui l'ont illustré, par la haute portée de son enseignement, par les richesses immenses accumulées dans ses collections, attire puissamment l'attention du monde savant, et sa prospérité excite à un haut degré la sollicitude publique.

L'organisation de ce grand établissement, telle qu'elle est sortie du Décret de la Convention du 10 Juin 1793, était depuis longtemps l'objet de controverses animées.

Il était de notoriété que plusieurs des Ministres qui se sont succédé à l'Instruction publique avaient senti leur action trop insuffisante, trop entravé à l'égard du Muséum et qu'ils avaient regretté que l'organisation spéciale de cet établissement le tînt en dehors des règles générales qui rattachent fortement tous les autres services à l'administration centrale.

Une magistrature supérieure, chargée spécialement de veiller sur les dépôts qui renferment des richesses appartenant à l'État, la Cour des Comptes depuis longtemps signalait, comme une lacune fâcheuse, l'absence absolue d'inventaires établissant la situation de chaque collection, et pouvant seuls créer, pour les Administrateurs du Muséum, une responsabilité sérieuse.

Enfin l'Assemblée Nationale, par l'organe de sa Commission du budget pour 1849, avait proclamé la nécessité d'une révision de la Constitution intérieure du Muséum, pour la mettre en harmonie avec les principes généraux de notre système administratif. La Commission s'exprimait ainsi dans son rapport:

Le Muséum d'histoire naturelle, par ses précieuses collections, par l'incontestable savoir de ses Professeurs, par les ressources que son enseignement offre à la jeunesse de nos Écoles, mérite la sollicitude de l'État, et justifie les fortes allocations que le budget lui attribue; mais nous dirons toute la vérité. Plusieurs des Ministres qui se sont succédé au département de l'Instruction publique ont rencontré dans le mode d'administration appliqué à cet établissement des embarras et des entraves qui résultent de sa constatation trop indépendante du pouvoir central. La Commission invite M. le Ministre de l'Instruction publique à préparer un plan d'organisation administrative du Muséum qui donne au Chef de l'Instruction publique, sur l'économie intérieure de cet établissement, sur la manière dont les différents cours y sont institués, sur les moyens d'assurer la conservation de ses richesses scientifiques, sur l'attribution des logements aux Professeurs, &c. une autorité prépondérante. D'accord en cela avec la Cour des Comptes, elle insiste pour demander la prompte confection des catalogues qui manquent encore absolument aux collections du Muséum d'histoire naturelle.

En présence de tous ces faits, déférant au vœu formel d'une Commission de l'Assemblée Nationale, vœu auquel s'adjoignit la demande des Professeurs du Muséum, votre prédécesseur, Monsieur le Ministre, crut devoir prendre l'arrêté suivant, portant date du 11 Juin 1849:

« Le Ministre de l'Instruction publique et des Cultes,

« Considérant que les statuts et règlements qui régissent l'Administration du Muséum n'ont pas été révisés depuis le Décret du 10 Juin 1793, relatif à l'organisation du Jardin national des plantes et du cabinet d'histoire naturelle, sous le nom de Muséum d'histoire naturelle,

« Considérant que, dans le rapport présenté le 27 Mars 1849,

« à l'Assemblée Nationale, au nom de la Commission du Budget, « sur les dépenses du Ministre de l'Instruction publique, la Commis- « sion a invité le Ministre chargé de ce département, à préparer un « plan d'organisation administrative du Muséum qui embrasse l'écono- « mie intérieure de cet établissement, l'institution de ses différents cours, « la conservation de ses richesses scientifiques, les rapports de son ad- « ministration avec l'autorité supérieure

« Arrête :

« Art. 1er. – Une Commission sera instituée près le Ministère « de l'Instruction publique et des Cultes ayant pour objet d'étudier toutes les « questions qui se rattachent, soit à l'Administration, soit à l'Enseignement du Mu- « séum, &c. »

La Commission instituée en vertu de cet arrêté avait tout d'abord à se préoccuper de la nature et de l'étendue de la déléga- tion qui lui était faite. Évidemment ce n'était pas une enquête qui lui était demandée ; elle n'avait point à approfondir des griefs, à porter sur les détails intérieurs du Muséum une investigation inqui- sitoriale. Sa mission était tout autre. le Ministre l'appelait à étudier, soit au point de vue administratif, soit au point de vue scientifique, des questions d'organisation pour l'avenir du Mu- séum d'histoire naturelle. Elle s'est renfermée dans ces limites, et le travail qu'elle vous apporte, Monsieur le Ministre, résumé de ses recherches et de ses études sur l'institution en elle-même, n'a rien qui ressemble à la critique de la gestion personnelle des hono- rables Administrateurs du Muséum.

Dans de nombreuses séances, la Commission a examiné attentivement la législation qui régit aujourd'hui le Muséum et les règlements qui en découlent; elle a étudié la nature des liens qui le rattachent au pouvoir central; les relations de ses différents services entre eux; la portée et la distribution de l'enseignement qui on y donne; elle a entendu dans leurs observations plusieurs Professeurs qui administrent cet établissement.

De toutes ces investigations, de cette étude consciencieuse, il est résulté, pour la presque unanimité des Membres de la Commission, une conviction bien arrêtée qui peut s'exprimer par cette formule:

« Il y a nécessité d'apporter d'importantes modifications
« dans l'organisation administrative et dans l'enseignement du
« Muséum d'histoire naturelle. »

1re Partie.

Organisation administrative du Muséum.

Le premier point de vue sous lequel se présente le Muséum d'histoire naturelle est celui d'un service institué et entretenu aux frais de l'État dans un but d'utilité publique. C'est évidemment une branche de l'Administration générale du pays.

Pour servir des intérêts de plus d'un genre, ceux de l'agriculture et des arts, ceux de la science, qui agrandit le domaine intellectuel de l'homme; l'État réunit à grands frais dans un centre commun tous les êtres des différents règnes de la nature;

Ce dépôt, il l'augmente incessamment par les recherches de ses voyageurs dans les différentes parties du monde, par des acquisitions d'objets isolés ou de collections particulières. Au côté de ces richesses scientifiques, il entretient un collège de savants Professeurs appelés à les coordonner, à les produire, à les faire connaître au public dans leur nature, dans leurs affinités, dans leur utilité pratique, dans leurs applications variées à la satisfaction de nos besoins et à nos plaisirs.

En vue de ces intérêts d'un ordre élevé, l'État ne ménage point les sacrifices. C'est par millions qu'il faut compter les dépenses qu'il a imposées au pays pour achats d'objets d'histoire naturelle, pour acquisitions de terrains et constructions de toute nature, et, en outre, chaque année, le Muséum d'histoire naturelle est inscrit au budget pour une somme de 500,000 francs environ.

A tous ces caractères il est impossible de ne pas reconnaître dans le Muséum un des services publics auxquels doit pourvoir l'autorité centrale, et qui doivent toujours rester sous sa main et sous sa responsabilité, il est impossible de trouver la raison pour laquelle la gestion de cet établissement serait soustraite aux règles d'unité et de centralisation appliquées à toutes les branches de l'Administration publique.

L'unité est de l'essence d'un bon Gouvernement. C'est en France surtout que cette vérité est désormais conquise. La révolution française l'a fait entrer profondément dans nos institutions dans la pratique administrative dans les habitudes même de notre esprit.

L'unité est surtout l'attribut essentiel du pouvoir exécutif chargé de l'action gouvernementale.

Ce pouvoir, par la nature de son mandat et par le genre de sa fonction, ne peut, dans aucun ordre des services administratifs, abdiquer, se dessaisir, admettre une autre volonté au partage de ses attributions.

Les Citoyens n'ont qu'une garantie vis-à-vis de ce pouvoir qui les touche par tant de points et qui peut si aisément inquiéter leurs droits et compromettre leurs intérêts, c'est sa responsabilité. Or la responsabilité disparaît dès qu'elle se partage.

Dans chacun des départements ministériels le pouvoir central est présent partout par ses Délégués qu'il nomme et qu'il révoque à son gré, qui se tiennent soigneusement en communauté de pensées avec lui, qui l'avertissent de ce qu'ils observent, lui rendent compte de ce qu'ils font, et n'attendent que l'expression de sa volonté pour la faire partout reconnaître et obéir. L'Administration d'un grand pays, la marche régulière et sûre de tant de services divers ne sont possibles qu'à ce prix.

La raison ne nous dit-elle pas que ces règles de saine logique et d'incontestable sagesse doivent être transportées dans cette branche de l'Administration publique qui a trait aux sciences naturelles.

Le Muséum ne compte pas moins de 125 fonctionnaires,

voyageurs, employés de toute nature, entre lesquels se répartit, sous forme de traitements ou de salaires, une somme annuelle de 260,000ᶠ. Ses collections, ses laboratoires, ses ménageries, ses jardins nécessitent un matériel et un mouvement d'affaires considérables. C'est une manutention continuelle de vivres, de denrées, de matières premières; ce sont des achats à faire, des marchés à passer, des travaux d'art dont il faut dresser le programme et surveiller l'exécution. Tout ce cadre de fonctionnaires et d'employés rétribués par l'État, toute cette gestion compliquée et dispendieuse, peuvent-ils rester en dehors de l'action et de la responsabilité du pouvoir central.

L'État, qui soumet à des règles minutieuses de contrôle et de comptabilité le moindre dépôt d'objets qui sont propriété publique, le moindre bureau où se manient quelques deniers du Trésor, peut-il ne pas intervenir directement au Muséum, pour la garde, pour la conservation, pour le contrôle de richesses inappréciables au point de vue scientifique, d'une valeur énorme même au point de vue pécuniaire.

L'État met au premier rang de ses droits comme de ses devoirs de surveiller, de diriger par ses hauts fonctionnaires, l'enseignement public à tous ses degrés. Or le Muséum c'est le foyer d'un enseignement de premier ordre, unique en France, et qui n'a point d'égal en Europe; enseignement qui est une des gloires de notre pays et un des plus précieux liens qui rattachent à la France les savants des diverses parties du monde. À ce point de vue, le pouvoir central peut-il et doit-il rester étranger aux destinées du Muséum d'histoire naturelle? N'a-t-il rien à voir dans l'état matériel et scientifique des collections, dans les programmes des cours, dans les causes qui peuvent faire languir, dévier ou interrompre telle ou telle partie de l'enseignement? N'a-t-il rien à prévoir quant à l'avenir des Élèves destinés à recruter un jour ou le corps savant des Professeurs ou celui des habiles auxiliaires qui leur sont indispensables?

À toutes ces questions, la réponse n'a point été douteuse pour la Commission. Elle n'a pas admis un instant la pensée que le Muséum pût être détaché de l'Administration générale à laquelle il se relie par tant de rapports étroits. Elle a proclamé, au contraire, qu'à tous les titres, comme service public, comme dépôt de richesses nationales, comme centre d'enseignement, il devait être fortement rattaché au pouvoir central, mis sur la même ligne que la bibliothèque nationale, que le Musée du Louvre, que le Conservatoire des arts et métiers et comme tous ces établissements, être placé directement sous la responsabilité de l'Administration supérieure et recevoir sa puissante impulsion

Ce point parfaitement arrêté, il restait à la Commission à mettre en regard des principes qu'elle venait de reconnaître le régime actuel du Muséum, sa constitution intérieure, et avant tout, la législation d'où cet état de choses dérive.

Le Muséum d'histoire naturelle, dont les premiers fondements furent jetés en 1626 par Louis **XIII**, et qui resta longtemps à l'état de simple jardin des plantes médicinales, fut placé, jusqu'à la Révolution française, sous l'autorité d'un Surintendant.

Cette place était attribuée de droit au premier médecin du Roi. Mais, en 1728, le Régent, au nom du Roi Louis XV, sépara la surintendance du Jardin royal des plantes de la charge de premier médecin. Cette surintendance fut depuis lors remplie par plusieurs savants illustres, parmi lesquels on compte Dufay, Buffon et Bernardin de St-Pierre.

Mais tous les choix ne furent pas aussi heureux : le favoritisme, qui alors décidait de tout et disposait des emplois les plus importants, plaça plus d'une fois à la tête du Muséum des surintendants qui ne soutinrent pas la forte impulsion imprimée par leurs prédécesseurs à cet établissement.

Alors éclatait la Révolution française, les esprits passèrent rapidement de la haine du pouvoir politique concentré dans les mains d'un monarque à l'aversion pour les formes administratives que la monarchie avait introduites. La Convention, qui non seulement gouvernait l'État, mais en administrait encore par ses Comités les différents services, finances, guerre, marine, instruction publique, &c trouva qu'il était bon et logique d'introduire, au nom de l'égalité, le gouvernement de plusieurs dans le Muséum d'histoire naturelle, et de le faire diriger par douze Professeurs Administrateurs. Voici le texte même des principaux articles de son Décret du 10 Juin 1793.

«Art. 3. Tous les Officiers du Muséum porteront le titre
«de Professeurs et jouiront des mêmes droits.

«Art. 4. La Convention nationale, voulant consacrer l'éga-
«lité entre des hommes que l'Europe savante met sur le même
«rang, supprime la place d'Intendant du jardin des plantes
«et du cabinet d'histoire naturelle.

«Art. 6. Il sera nommé, parmi les Professeurs et par les
«Professeurs, un Directeur qui sera chargé uniquement de faire
«exécuter les règlements et les délibérations de l'Assemblée qu'il
«présidera.

«Art. 7. Le Directeur sera nommé pour un an, et il ne
«pourra être continué qu'au scrutin et pour une année seulement.

«Art. 15. Le Muséum d'histoire naturelle sera sous la pro-
«tection immédiate des Représentants du peuple, et sous la surveil
«lance du Conseil exécutif.

Le 21 Septembre de la même année, le règlement intérieur
du Muséum fut fixé par un arrêté du Comité d'Instruction publique de la Convention. C'est ce règlement qui est encore en vigueur aujourd'hui. Ses dispositions ne sont autre chose que la mise
en pratique des principes posés par le Décret du 10 Juin; elles
en traduisent parfaitement l'esprit.

C'est ainsi qu'elles nous montrent l'Assemblée générale des
Professeurs administrant seule le Muséum, nommant et destituant
au scrutin tous les Employés, choisissant a l'élection les suppléants
des Professeurs, conférant aux voyageurs des missions scientifiques,

distribuant aux musées et jardins botaniques des départements des objets d'histoire naturelle, des graines et des plantes, faisant les acquisitions et les échanges, autorisant les travaux extraordinaires, exerçant enfin sur les différents services de l'établissement un contrôle absolu, et sur les Professeurs eux-mêmes un pouvoir disciplinaire qui s'étend jusqu'à prononcer contre eux, dans certains cas, la déchéance.

Il est facile de juger par ce simple aperçu de la distance qui sépare la constitution particulière du Muséum du système général d'après lequel tous les services publics sont organisés et administrés en France.

A l'égard du Muséum, l'unité administrative est rompue. C'est une branche détachée du tronc commun et qui vit de son régime particulier.

La puissance publique est absente de cet établissement, excepté pour en solder les dépenses.

Les hommes de science n'occupent pas seulement les chaires, ils administrent dans toute la portée de ce mot.

Le Pouvoir exécutif, qui a vis-à-vis du pays la responsabilité de la direction donnée à cet établissement, de son enseignement, de la conservation de ses richesses scientifiques et matérielles, en est réduit à un simple droit de surveillance.

Il n'a point là, comme partout ailleurs, un Délégué spécial qui parle et agisse en son nom, qui, dans les limites des lois et règlements, dirige et redresse, ordonne et fasse exécuter. Tout se passe en dehors de son action, et il n'a que des moyens indirects d'influence où il devrait avoir une autorité indépendante et entière.

Enfin la seule garantie que la Convention eût réservée au pouvoir central a depuis longtemps disparu. D'après l'arrêté réglementaire du 21 Septembre, 1793, un Représentant du Peuple, Membre du Comité de l'Instruction publique, devait assister aux Assemblées des Professeurs, veiller à l'exécution des règlements et rattacher ainsi l'établissement à l'Administration générale, alors tout entière aux mains de la Convention. Ce dernier lien a été brisé et rien n'est venu le remplacer.

Ce n'est pas d'aujourd'hui que les anomalies choquantes que nous venons de relever ont soulevé des réclamations et des vœux de réforme. Sous le consulat, Lucien Bonaparte, alors Ministre de l'Intérieur, s'étonna d'être dépouillé de toute autorité, de tout contrôle sérieux sur l'Administration intérieure du Muséum, il voulut faire cesser cet état de choses, et ramener le Muséum aux règles communes d'administration appliquées à tous les autres services publics de son département, il obtint à cet effet du premier Consul la création d'une place de Directeur général du Muséum. Par cette création, l'Administration générale du Muséum rentrait dans la main du Gouvernement et les Professeurs étaient ramenés aux simples fonctions de l'enseignement et aux soins des collections qui leur étaient confiées.

M. de Jussieu, l'un des Professeurs, avait été nommé aux

fonctions de Directeur; il ne jugea pas à propos de les accepter; et il se joignit à ses collègues pour présenter au Ministre des observations contre cette mesure. Le Ministre persista dans son plan d'organisation nouvelle; mais il fut bientôt lui-même remplacé par M. Chaptal, et, sous le patronage de ce nouveau Ministre, les réclamations des Professeurs prévalurent.

Depuis cette époque, plus d'une fois les Ministres qui avaient le Muséum d'histoire naturelle dans leurs attributions eurent occasion de reconnaître combien l'indépendance absolue de cet établissement était peu compatible avec les droits de l'Administration supérieure. Ainsi il leur paraissait étrange que des dons considérables d'objets provenant du Muséum pussent être faits, même au profit d'établissements publics, sans leur concours; que les principaux Employés d'un service public rétribué par l'État fussent nommés, sans qu'il en fût même donné avis au Ministre; ils avaient lieu de regretter, au point de vue de l'intérêt public comme de la dignité du pouvoir, que des affaires d'enseignement, telles que les programmes des cours, leur durée, l'époque de leur ouverture, les questions de suppléance, &c., fussent délibérées et résolues en Conseil sans que le Ministre en fût informé autrement que par l'envoi des programmes imprimés et des affiches.

Mais il n'est pas aisé aux Ministres les plus fermes, au milieu des agitations de la vie politique, d'aborder la complète réorganisation d'un grand établissement; il n'est aisé pour personne de triompher de la résistance qu'opposent toujours à l toute réforme; les habitudes prises, les intérêts engagés, surtout quand cette résistance vient d'un corps savant, haut placé dans l'opinion publique et par cela même puissamment patroné.

Les Ministres passèrent, et l'institution du Muséum resta avec les vices inhérents à son organisation, et qui doivent nécessairement porter leurs fruits.

Il est certain qu'un pouvoir isolé, qui ne tire point sa vitalité et sa force du pouvoir central, manquera souvent d'initiative, sera faible pour l'impulsion vers le progrès, faible pour combattre l'invasion constante des abus.

Il est certain qu'un Directeur choisi par ses pairs pour un temps très-limité, investi d'une autorité très-restreinte, ne pourra rien entreprendre, rien réaliser de considérable, se renfermera dans les détails routiniers de l'Administration, et se tiendra pour satisfait s'il peut traverser, sans trop de déboires, sa magistrature éphémère.

Il est certain qu'une autorité partagée entre quinze Professeurs Administrateurs, égaux en droits, très-divers dans leurs spécialités, dans leurs préférences scientifiques, amènera nécessairement des rivalités, des coalitions, des luttes pénibles ou des concessions excessives.

Il est certain enfin que le défaut d'unité dans le pouvoir administratif amènera le défaut d'harmonie dans l'ensemble de l'institution. Après des tentatives plus ou moins énergiques pour établir une coordination satisfaisante entre toutes les parties, chacun finira par se renfermer, avec ses qualités et ses défauts, dans son cercle particulier; il en résultera des disparates choquant des parties brillantes et d'autres défectueuses; ici du zèle, un travail soutenu, des résultats recommandables, ailleurs peut-être de l'inertie et du désordre.

En résumé, sur ce point capital, la Commission est d'avis, Monsieur le Ministre, qu'il y a lieu de faire rentrer l'Administration du Muséum d'histoire naturelle dans la règle commune; de placer à la tête de cet établissement un Directeur-Conservateur nommé par le Pouvoir exécutif et révocable par lui; et d'investir ce Directeur, sous sa responsabilité, des droits de l'autorité supérieure, pour la gestion administrative du Muséum.

Sur le mode de nomination du Directeur-Conservateur, deux opinions se sont produites dans la Commission.

L'une consistait à laisser le choix du pouvoir s'exercer avec une latitude absolue, sans condition aucune de candidature. A l'appui de cette opinion l'on disait: Qu'il ne fallait pas gêner la liberté du pouvoir central, lorsqu'il engageait sa responsabilité par une importante délégation; que le Directeur du Muséum devait avoir bien plus les qualités d'un Administrateur que celles d'un savant; que nulle autorité, nulle corporation chargée de présenter des candidats ne saurait mieux apprécier que le Ministre de l'Instruction publique les conditions diverses de caractère, de position et d'aptitude nécessaires dans l'homme appelé à ces délicates fonctions.

L'opinion contraire soutenait que le choix d'un Directeur du Muséum d'histoire naturelle devait être entouré au moins de garanties équivalentes à celles qui sont prescrites pour la nomination d'un Professeur; que la suprématie du Directeur serait d'autant plus incontestée, d'autant plus utile à l'établissement; qu'il réunirait aux qualités de l'Administrateur un savoir reconnu et les sérieuses études qui permettent de juger de haut ce qui est nécessaire aux progrès généraux de la science; qu'enfin il fallait se prémunir contre les envahissements de l'esprit politique qui, à un moment donné, force la main même aux Ministres aux intentions les plus droites, et pourrait quelque jour mettre à la tête du Muséum tout autre qu'un savant ou un Administrateur.

Cette dernière considération a surtout déterminé la Commission à demander une candidature spéciale pour les fonctions de Directeur du Muséum. Elle a cru trouver les garanties désirables dans une double liste de candidats proposés par l'Académie des sciences et par le Conseil supérieur de l'Instruction publique. Ce dernier corps lui a paru, par sa sollicitude nécessaire pour tous les progrès de l'Instruction publique et par sa spécialité administrative, pouvoir heureusement concourir avec l'Académie des Sciences à éclairer le pouvoir dans le choix d'un Directeur pour le Muséum d'histoire naturelle.

Plusieurs Membres de la Commission demandaient qu'on ajoutât à ces garanties celle d'une troisième liste de candidature

présentée par l'Assemblée des Professeurs du Muséum. Cette opinion fut combattue principalement par ce motif que les Professeurs du Muséum sont tous Membres de l'Académie des Sciences, et que leur influence considérable sur la composition de la liste proposée par cette Compagnie représenterait leur part légitime d'intervention dans la nomination du Directeur.

Sur cette question les voix se sont partagées au nombre de quatre contre quatre. La proposition ne réunissant pas la majorité des suffrages, a été écartée.

Dans un établissement institué en vue du progrès des hautes sciences, à côté d'une administration active et forte, il est utile qu'il soit établi un Conseil principalement préoccupé de l'intérêt scientifique et des progrès de l'enseignement. Des établissements qui présentent de grandes analogies avec le Muséum, l'École polytechnique et le Conservatoire des arts et métiers, ont retiré de réels avantages des Conseils de surveillance et de perfectionnement constitués auprès d'eux. Sa Commission estime qu'il importe de créer un Conseil de ce genre auprès du Muséum; ce Conseil serait appelé à donner son avis sur les questions les plus importantes de l'Administration intérieure; il résolverait seul celles qui auraient trait aux progrès scientifiques; il serait l'arbitre naturel entre le Directeur et les Professeurs, en cas de dissentiments sur les mesures à prendre pour la prospérité du Muséum.

Enfin ce Conseil aurait au nombre de ses devoirs une

inspection annuelle exercée par délégation; inspection qui s'éten-
drait à toutes les collections et à tous les services du Muséum,
et dont le rapport serait adressé au Ministre de l'Instruction
publique.

Quant à la composition de ce Conseil, il importe sans
doute de comprendre parmi ses éléments un certain nombre
de Professeurs du Muséum, afin que l'intérêt scientifique et l'esprit
spécial de l'institution y soient représentés et toujours entendus, mais
il n'importe pas moins d'appeler à la surveillance du Muséum,
d'intéresser à son perfectionnement, des notabilités choisies au
dehors. Il est certain que des connaissances variées, des habitudes
d'esprit et des points de vue différents ne peuvent que contri-
buer à élever le niveau de l'enseignement et à élargir son horizon.

La Commission propose de laisser au Ministre de l'Instruction publique la faculté de choisir en dehors du Muséum douze
Membres du Conseil de surveillance et de perfectionnement, et d'admettre les Professeurs réunis en Assemblée générale à désigner parmi eux quatre autres Membres qui compléteraient le Conseil.

Dans le système de la Commission, le Directeur n'est
pas seulement le Délégué du pouvoir central pour la gestion
administrative, il est aussi le dépositaire responsable de toutes les
richesses contenues dans le précieux établissement confié à ses
soins, il est le Conservateur en chef du Muséum comme il en
est le Directeur. Ces deux branches d'attributions et de responsabilité doivent être réunies dans une seule main, sous peine

de négligences, de désordres ou de conflits très-dommageables.

Comme l'Administration, la conservation demande de l'unité dans la pensée, des vues d'ensemble, de l'harmonie dans les moyens d'exécution. Mais l'Administration a ses auxiliaires, ses Chefs de bureau, ses Employés de tout ordre; de même le Conservateur, qui ne peut tout embrasser par lui-même, ni se multiplier et être partout présent à la fois, doit avoir ses adjoints, des hommes de son choix, et sur chacun desquels il s'en repose pour la garde et la conservation spéciale de telle ou telle collection. C'est la pensée qui a conduit la Commission à proposer la création des Conservateurs-adjoints, au nombre de cinq, nommés par le Ministre de l'Instruction publique, sur la présentation du Directeur et l'avis du Conseil de surveillance et de perfectionnement.

Il existe actuellement au Muséum une institution qui, par ses attributions nominales, se rapproche de celle que la Commission propose. Trois Gardes des Galeries, choisis parmi des hommes de science, sont préposés, comme leur titre l'indique, à la garde et à la conservation des collections, mais il importe d'aller au delà des mots, et de voir ce que sont en réalité ces gardes des galeries, en présence de Professeurs-Administrateurs, Maîtres absolus chacun dans la collection qui a trait à son enseignement, détenteurs des clefs, disposant des objets sans contrôle, soit pour les produire dans leurs cours, soit pour les faire servir dans leur domicile à des études de cabinet. Évidemment la mission spéciale des Gardes des galeries disparaît alors ainsi que leur responsabilité; ils sont annihilés, et si les Titulaires actuels rendent néanmoins de bons services au Muséum, c'est qu'ils prêtent leur collaboration à des travaux purement scientifiques, en dehors de leurs attributions spéciales.

Les Conservateurs-Adjoints, tels que la Commission les entend, seraient des fonctionnaires plus sérieux. Chacun d'eux représenterait le Directeur à l'égard de la collection confiée à sa garde. Ce serait lui qui veillerait aux garanties matérielles de bon entretien, d'ordre et de sûreté. C'est à lui que s'adresseraient l'étudiant, le savant français ou étranger qui auraient à approfondir quelque point de la science par l'étude même des objets renfermés dans la collection; c'est avec lui que les Professeurs devraient s'entendre afin d'avoir toutes les facilités désirables pour leurs recherches, pour leurs travaux de détermination et de classification; c'est lui enfin qui serait chargé de tenir la main à l'observation des garanties prescrites par le règlement, en cas de déplacement des objets renfermés dans les galeries.

Toutefois cette position du Professeur vis-à-vis du Conservateur a soulevé des objections. On a paru craindre que le Professeur, qui est, après tout, l'homme de la science, et qui doit garder sa libre allure pour tout ce qui peut la faire progresser, ne se sentît entravé, et blessé même dans sa dignité, par les mesures d'ordre qu'un fonctionnaire d'un degré inférieur ferait exécuter à son égard. La majorité de la Commission n'a point été touchée de ces raisons.

Il lui a paru que, quelque haut placé que soit un homme, s'il a le sens droit, il ne peut jamais s'offusquer de mesures réglementaires prises dans un intérêt d'ordre, pour conserver intacts les trésors de la science qui forment, à un autre point de vue, d'importantes propriétés publiques. Le règlement d'ailleurs doit émaner de la Commission de surveillance et de perfectionnement, et il n'est pas permis de supposer qu'elle ne voudra ni ne saura concilier avec l'intérêt de la conservation d'un précieux dépôt, les égards dus à des Professeurs dont elle honorera et la science et le caractère.

Les Conservateurs choisis parmi des hommes d'étude et de bonne éducation, placés sous le contrôle immédiat du Directeur qu'ils représenteront, ne seront-ils pas les premiers à adoucir dans la pratique ce qu'il y aurait de trop roide dans les prescriptions réglementaires? La Commission va même plus loin, elle est convaincue que des hommes également dévoués à la science, animés du même zèle pour ses progrès, pour le renom et l'éclat de l'établissement auquel toute leur vie sera désormais consacrée, ne tarderont pas à établir entre eux de bons rapports, elle a la ferme espérance que, rapprochés par des soins de même nature à donner à la même collection, le Professeur et le Conservateur uniront souvent leurs efforts pour y établir l'ordre désirable.

Enfin, pour lever tous les scrupules que les partisans de l'organisation actuelle pourraient avoir sur ce point, la Commission ne croit pouvoir mieux faire que de reproduire ici le texte formel du règlement rédigé et proposé par les Professeurs eux-mêmes de 1793, adopté par le Comité de l'Instruction publique de la Convention, et qui forme encore aujourd'hui, avec le Décret du 10 Juin 1793, la constitution intérieure du Muséum.

Arrêté du 21 Septembre 1793, chapitre 3, article 4. « Il y « aura un huissier-concierge des galeries nommé par les Profes-« seurs, à la majorité absolue. Ses fonctions seront de garder tous « les objets contenus dans les galeries. Il en répondra d'après un « état double signé de lui et des Professeurs chargés de la disposi-« tion de ces objets, et il sera dépositaire de toutes les clefs des gale-« ries du Muséum. Un exemplaire de cet état sera dans ses mains, « l'autre sera déposé au Secrétariat. Chaque Professeur aura, de « plus, l'état des objets relatifs à sa partie.

« Art. 5. L'huissier-concierge sera tenu de faire ouvrir, « tous les matins, depuis neuf heures jusqu'à midi, aux Profes-« seurs chargés de la disposition des galeries, les armoires qui con-« tiendront les objets relatifs à leur partie, afin qu'ils aient le « temps convenable de les décrire, de les disposer méthodiquement « et de préparer leurs leçons. Il leur remettra sur leur reçu, et pour « un temps qu'ils seront obligés de déterminer, les objets doubles « dont ils auront besoin pour leurs travaux particuliers, pourvu « que ces objets ne soient pas de nature à être altérés par le « transport. Dans ce dernier cas, et lorsqu'il existera quelque « difficulté à ce sujet, la remise ne pourra avoir lieu que d'après « une autorisation de l'Assemblée.

Certes, s'il y a un système qui ménage la juste susceptibilité, la dignité des Professeurs du Muséum, c'est celui de la Commission: bien plus que celui du règlement actuellement en vigueur, tous deux établissent la nécessité d'un contrôle, même à l'égard des Professeurs, pour dégager la responsabilité du Conservateur; mais, dans le système de la Commission, ce Conservateur est un homme lettré, un fonctionnaire, l'Adjoint et le représentant du Directeur; dans le système du règlement sanctionné par la Convention, et qui est encore obligatoire aujourd'hui, celui qui devrait exercer ce droit de surveillance et de contrôle sur les Professeurs eux-mêmes, ce serait un simple Gardien, un porte-clefs, l'Huissier-Concierge en un mot.

2ᵉ Partie. — Enseignement.

Si des esprits superficiels se plaisent encore parfois à attaquer par ses détails l'enseignement des sciences naturelles et à contester son utilité, les hommes sérieux apprécient de plus en plus le lien philosophique qui rattache l'histoire de la nature à la destinée humaine. C'est une des gloires de la France d'avoir la première créé un grand centre d'enseignement pour les sciences naturelles. C'est un devoir de l'État de maintenir cet enseignement à sa hauteur scientifique et d'en accroître de plus en plus la diffusion et l'utilité pratique.

La volonté de l'État de payer généreusement sa dette,

sous ce rapport, à la science, à l'intérêt public ne saurait être méconnue. Il a successivement institué quinze chaires au Muséum d'histoire naturelle. Ces chaires sont occupées par des Professeurs nommés avec les garanties les plus rassurantes, sur une double liste de présentations proposée par l'Assemblée même des Professeurs du Muséum, si directement intéressés au lustre de cet établissement, et par l'Académie des Sciences. Ils justifient d'ailleurs le choix dont ils ont été honorés, et l'autorité de leur savoir est grande dans tout le monde éclairé.

Cependant s'il est un point de la controverse engagée à l'occasion du Muséum, sur lequel l'opinion semble fixée, c'est que l'enseignement du Muséum, pris dans son ensemble, n'a pas d'ordinaire l'attrait, l'éclat, ni l'utilité pratique qu'il est permis d'en attendre. L'attention publique à l'égard de cet enseignement n'est pas toujours assez vivement stimulée. Plusieurs cours comptent à peine quelques rares auditeurs. Si l'on retranchait du nombre de ceux qui fréquentent les amphithéâtres du Muséum les hommes de loisir qui viennent y chercher des distractions, on serait péniblement surpris de voir combien est restreint le nombre des vrais étudiants, de ceux qui veulent suivre le Professeur dans tous les développements de la branche des sciences naturelles qu'il enseigne, et qui aspirent à mériter le titre de Naturaliste (titre auquel, disons-le, il convient de restituer l'honorable signification que plusieurs grands hommes, en le portant,

2

lui ont à jamais assigné)

Qui faut-il accuser de cet état de choses? Ce n'est pas la science en elle-même; elle est pleine d'attraits, elle répond à l'un des plus instinctifs désirs de l'homme, qui est de pénétrer les secrets de la nature. Ce n'est pas l'insuffisance des Professeurs; tout le monde rend justice à leur incontestable spécialité, à leur profond savoir.

Non, la source du mal n'est point là. Il faut la chercher plus haut. Dans la constitution actuelle de la Société, avec la médiocrité générale des fortunes, tous les jeunes hommes, sauf de très-rares exceptions, sont forcés d'appliquer leurs facultés à une science ou à un art qui ne soient pas seulement spéculatifs, mais qui constituent pour eux une profession, qui leur assurent des ressources dans le présent et des garanties pour l'avenir. Personne n'est disposé à s'engager dans une série d'études longues et dispendieuses pour n'aboutir qu'à une carrière sans issues, et où le mérite le plus éprouvé n'est pas même sûr de recueillir le pain de chaque jour.

Ce sont là des vérités vulgaires sans doute; mais dont il faut tenir grand compte, et qu'il faut accepter comme point de départ, sous peine de s'égarer à la recherche de remèdes imaginaires.

Les sciences mathématiques sont en honneur; c'est que l'État ouvre à ceux qui s'y distinguent de larges et belles carrières. Une foule de jeunes gens se portent vers l'étude des sciences médicales; c'est qu'elles préparent à l'exercice d'une profession libérale qui donne à quelques-uns de la richesse, au grand nombre des moyens d'existence. La chimie, dont les progrès de nos jours ont été si remarquables, compte beaucoup d'adeptes, c'est qu'au laboratoire où le chimiste travaille dans l'intérêt de la science il adjoint le plus souvent, dans l'intérêt de sa famille, la manufacture de l'industriel ou l'officine du pharmacien.

L'étude de l'histoire naturelle, au contraire, où conduit-elle ? À peine quelques savants d'élite, et que des circonstances heureuses auront mis en lumière, arriveront-ils après vingt ans de travaux, au fauteuil académique et à une chaire du Muséum. Mais, pour la masse des élèves qui se livreraient à cette étude, nulle perspective, nul avenir; en ce moment rien n'assure à l'étudiant le plus laborieux et qui aura suivi avec le plus de constance les cours du Muséum; rien ne lui assure la moindre rémunération de ses travaux, pas même un grade scientifique qui justifie de ses efforts et de la science acquise. Si le Muséum offre aux Naturalistes quelques emplois modestement rétribués, les plus capables n'ont aucune certitude de les obtenir; ils ne sont pas même défendus par un diplôme, par un titre officiel contre la concurrence d'hommes que la faveur, à défaut de la science, peut désigner pour ces emplois. Si, par hasard, ils atteignent à quelqu'une de ces fonctions d'un degré inférieur, aucune règle, aucun ordre hiérarchique ne leur garantit qu'ils auront droit, plus tard et comme récompense de leurs services, aux positions plus élevées. Lorsque la jeunesse, sur le seuil d'une carrière aperçoit de telles incertitudes, de tels motifs de dégoût et de découragement, elle s'éloigne, elle recule devant la redoutable chance de se trouver quelque jour, avec le sentiment d'une valeur réelle, aux prises avec la pauvreté.

Permettez, Monsieur le Ministre, que la Commission insiste sur ce point; il lui paraît démontré que la science de l'histoire naturelle, si riche d'applications à tous les besoins de l'homme, à tous les arts du monde civilisé, ne prendra l'essor et les proportions qui lui appartiennent que lorsqu'elle sera entrée dans la voie nouvelle que nous signalons. Pour éveiller et soutenir la vocation des Naturalistes, il faut leur ouvrir une carrière où ils puissent avoir la certitude de vivre honorablement, il faut que les titres de ceux qui ont consciencieusement appris, et qui savent, soient reconnus, et leurs droits consacrés.

C'est une œuvre sans doute qui demande quelques efforts et du temps, mais, dès aujourd'hui, il est possible d'entrer dans la voie de ce progrès nécessaire; la Commission a cru bien servir les intérêts de la science en posant sur cette voie les premiers jalons.

Dans son système les études faites aux cours du Muséum d'histoire naturelle auraient un but déterminé et, pour ainsi dire, professionnel. Les étudiants qui auraient suivi assidûment les cours et satisfait à des examens spéciaux, d'année en année, obtiendraient, après 2 ans, le diplôme d'Elève du Muséum de 2e classe; après 3 ans, celui d'Elève du Muséum de 1re classe.

Les Élèves du Muséum seraient la pépinière où l'enseignement des sciences naturelles trouverait ses auxiliaires et ses fonctionnaires de tout ordre.

À ceux qui se seraient arrêtés au diplôme de seconde classe seraient réservés les emplois d'un ordre secondaire, en rapport avec leur degré d'instruction. À ceux qui auraient conquis le titre d'Élève du Muséum de 1re classe et qui dénoteraient par là le désir comme la puissance de parcourir le côté le plus élevé de la carrière; à ceux-là reviendraient les fonctions plus spécialement scientifiques et la perspective d'être un jour appelés au professorat.

Sans doute, il est essentiel de ne pas faire du grade scientifique une chaîne qui entrave absolument le pouvoir dans ses choix; une certaine latitude lui est nécessaire pour qu'il puisse appeler à l'enseignement les heureuses exceptions dont le profond savoir se révélerait en dehors des cadres ordinaires. Mais cette latitude, indispensable dans le présent, tout fait espérer qu'après plusieurs années d'exercice du régime nouveau, elle deviendra moins nécessaire. Il est de notoriété que nulle part ailleurs l'enseignement de l'histoire naturelle n'est aussi complet, aussi riche en moyens de tout genre qu'au Muséum de Paris. Ce sera servir la science et ceux qui sont destinés à l'honorer plus tard que de les convier à venir, dès leur jeunesse, en puiser les éléments à leur véritable source. De plus en plus il sera possible d'étendre l'obligation du grade d'élève du Muséum. La gratuité complète des études, des examens et des diplômes abaissera le principal obstacle pour les fortunes même les plus modestes. Le niveau commun des études en histoire naturelle s'élèvera, et cependant les intelligences d'élite qui se seront assouplies à cette règle n'en seront que plus fortes pour sortir de ligne, et marquer leur place aussi haut qu'elles pourront atteindre.

Si nous examinons dans le présent quelles positions pourraient être obligatoirement réservées aux Élèves du Muséum, le nombre sans doute nous en paraîtra fort restreint. Tel qu'il est cependant il peut déjà présenter à la jeunesse studieuse un point d'émulation puissant. Les fonctionnaires, voyageurs, employés du Muséum d'un traitement de 1200 francs et au-dessus présentent un ensemble de 70 places qui, dans la pensée de la Commission, devraient, en cas de vacance, être attribuées presque toutes aux élèves du Muséum; et comme le système des retraites que la Commission propose amènerait dans le personnel un mouvement plus prononcé, il y aurait pour ces élèves une certaine perspective d'avenir.

Mais, comme nous l'avons dit, le grade d'Élève du Muséum une fois consacré légalement, sera appelé à s'étendre. L'université entretient dans ses principaux Lycées des chaires d'histoire naturelle. La force des choses, l'intérêt de la science et des études, n'amèneront-ils pas l'État à exiger des Aspirants à ces chaires spéciales qu'ils fournissent la meilleure preuve de leurs travaux et de leur aptitude en fait d'histoire naturelle, par la production du diplôme d'Élèves du Muséum de première classe (1)?

Un grand nombre de villes possèdent, les unes un jardin botanique, les autres les éléments d'un Musée d'histoire naturelle, et une louable émulation tend à multiplier ces établissements scientifiques. Dès que le muséum formera, sous la garantie de ses savants Professeurs, des Élèves dignes de propager ses traditions, il est vraisemblable que les départements ne négligeront pas cette ressource. L'intérêt même des villes qui font les frais de ces jardins botaniques et de ces musées sera de n'en confier la direction qu'à des hommes qui aient fait leurs preuves, et qui leur offrent, outre la garantie du titre, de précieuses relations précédemment établies avec les Directeur et Professeurs du Muséum.

Il n'est donc pas impossible de créer une carrière, sinon brillante, convenable du moins et assurée pour le nombre toujours minime des jeunes gens qui annoncent une vocation prononcée vers les sciences naturelles; cela suffira pour raviver l'enseignement du Muséum; appeler dans ses amphithéâtres des étudiants d'élite, échauffer le zèle et la verve des Professeurs, et vulgariser ainsi davantage ces hautes sciences dont l'utilité pratique est trop ignorée.

La Commission, Monsieur le Ministre, n'a pas cru devoir vous proposer ni de diminuer ni d'accroître le nombre des chaires du Muséum. Ce nombre, qui est de quinze aujourd'hui, ne pourrait souffrir de réduction, sans qu'il y eût délaissement de quelque

8.

branche importante de l'histoire naturelle. Il pourrait facilement être accru, si l'on ne consultait que l'intérêt de la science, mais, d'un autre côté, il faut tenir grand compte des ménagements que commandent en ce moment les finances de l'État. Toutefois la Commission ne doit pas vous dissimuler qu'à une époque prochaine, sans doute, les progrès incessants de la paléontologie rendront nécessaire l'institution d'une chaire spéciale. La paléontologie, cette science toute française et un de nos titres de gloire, ne tient aujourd'hui dans l'enseignement du Muséum qu'une place très-secondaire, et n'est qu'une annexe de la géologie et d'autres chaires. Cependant il s'agit là de l'étude de tout un monde fossile, étude qui se rattache aux plus grands phénomènes de la nature, aux révolutions de notre globe, à la succession des êtres qui ont vécu à sa surface. Évidemment la paléontologie, qui a des affinités avec toutes les branches de l'histoire naturelle, n'est du domaine d'aucune d'elles, elle a, dans l'ordre scientifique, une place qui lui appartient, il est à désirer qu'elle conquière bientôt au Muséum cet enseignement distinct qui seul lui permettra de se développer avec ensemble et de faire apprécier toute sa portée philosophique.

Parmi les chaires actuellement en exercice au Muséum, il en est une dont l'utilité a été mise en doute au sein de la Commission, c'est la chaire d'histoire naturelle de l'homme, mais la Commission, à la presque unanimité de ses Membres, a été d'avis de la maintenir.

L'histoire naturelle, qui rencontre l'homme à la tête de tous les êtres créés, avec sa puissante organisation qui les domine tous, peut-elle le négliger? Non. Peut-elle simplement le ranger avec les quadrumanes dans une section de la zoologie? Non. L'homme, comme on l'a dit avec autant de justesse que de noble fierté, l'homme n'appartient pas au règne animal, il constitue le règne humain. Étudier les caractères anatomiques qui distinguent les diverses races humaines; suivre les modifications qu'éprouvent ces caractères dans les filiations des races; remonter aux lois particulières qui président à la distribution des divers rameaux de l'espèce humaine sur les différents points du globe; rechercher la trace des influences produites sur l'organisation de l'homme par les climats, les habitudes et les degrés divers de sociabilité; certes cela constitue les éléments d'un enseignement élevé et profitable; et le public, qui suit avec un intérêt marqué le cours d'anthropologie, témoigne assez combien il apprécie l'utilité de cette chaire.

Quatre cours sont aujourd'hui consacrés à la zoologie et deux à la chimie. La Commission est d'avis qu'il convient de changer cette répartition. L'enseignement de la chimie est donné à Paris avec libéralité dans de nombreux établissements de différents ordres; il l'est avec éclat dans plusieurs. Il est indispensable que le Muséum, pour rester fidèle à la première pensée de ses fondateurs, conserve une chaire de chimie appliquée aux sciences naturelles; il ne l'est pas qu'il entretienne une chaire de

9

chimie générale, qui se retrouve à la Faculté des sciences, à la Faculté de médecine et ailleurs.

Au contraire, la sphère de la zoologie s'étend chaque jour. Ses accroissements appellent, d'après l'opinion unanime des hommes de science, la création d'une cinquième chaire spécialement consacrée aux zoophites, infusoires et spongiaires.

Au reste, il n'est jamais entré dans la pensée de la Commission que les changements proposés par elle dans la distribution de l'enseignement pussent porter atteinte à des positions honorablement conquises et occupées. Toutes ses propositions n'ont en vue que l'avenir; et ce n'est qu'au cas de vacances qu'elle demande elle-même que l'on applique ses projets de réorganisation.

Le règlement intérieur fixera l'époque de l'ouverture et de la clôture des différents cours, en évitant de faire coïncider ces cours avec les mois consacrés aux vacances des étudiants en général. Toutefois, comme c'est à ce moment de l'année que les Professeurs studieux des Lycées et des Facultés viennent à Paris avec le désir de se mettre au courant des progrès récents de la science, la Commission exprime le vœu que, par une disposition réglementaire, le Directeur soit autorisé à laisser ouvrir au Muséum pendant le cours des vacances, des conférences publiques sur les sujets offrant aux hommes de science un intérêt actuel.

Quelque complet que soit un enseignement, il y a toujours des parties spéciales qui peuvent être utilement traitées et approfondies en dehors du cadre ordinaire des leçons du Professeur; en outre, il est bon, dans un établissement tel que le Muséum, que des cours volontaires permettent à quelques hommes zélés pour la science, et occupés de leur avenir, de s'exercer au professorat et de donner la mesure de leurs forces. La Commission, dans son projet, propose d'admettre à cette faveur les Conservateurs, les Naturalistes-adjoints et les Élèves du Muséum de 1re classe. Le Conseil de surveillance et de perfectionnement, après avoir pris l'avis du Professeur compétent, décidera si l'autorisation d'ouvrir un cours volontaire peut être accordée.

Un établissement d'utilité publique, dans les sciences comme en toute autre matière, ne se tient jamais plus près de l'esprit de sa fondation, ni plus en garde contre le relâchement et l'atonie, que lorsqu'il se place volontiers sous l'œil du public et qu'il entretient avec lui des communications faciles. Le Décret organique sur le Muséum lui faisait une double obligation, celle d'avoir chaque année deux séances publiques, et celle de correspondre avec tous les établissements analogues placés dans les différents départements de la République pour leur faire part de toutes les découvertes et de tous les progrès en histoire naturelle.

Il ne paraît pas que les Administrateurs du Muséum aient jamais obtempéré au Décret de la Convention, en ce qui touche les séances publiques. Quant aux rapports nécessaires avec les établissements scientifiques du même genre, ils les entretenaient à l'aide d'une publication périodique, qui, sous le titre d'Annales du Muséum, composait chaque année deux volumes où se trouvaient

consignés les travaux des Professeurs. Depuis plusieurs années, cette
publication a complètement cessé.

La Commission propose de remettre en vigueur la prescrip-
tion de la tenue d'une séance publique au Muséum, non plus
chaque semestre, mais chaque année. Elle propose de renouer
les relations du Muséum avec les établissements publics où
l'on s'occupe des sciences naturelles, à l'aide d'une publication
annuelle qui serait distribuée à ces établissements et répandue dans
le monde scientifique, en France et à l'étranger.

3ᵉ Partie.

Collections. — Catalogues.

Au nombre des questions que la Commission devait étudier
et résoudre se présentait celle des garanties à prendre pour l'ordre
et la conservation des collections du Muséum.

Comme point de départ, la Commission devait s'assurer
de l'état de ces collections, et connaître la méthode de comptabilité
employée pour chacune d'elles. À cet effet, elle s'est transportée
au Muséum, en a visité les galeries, examiné sommairement les
registres, et elle a délégué une Sous-Commission pour lui présenter un rapport sur un mode uniforme et complet de comptabilité
applicable aux collections de cet établissement.

La Sous-Commission a rempli avec dévouement sa tâche
laborieuse. Son rapport, plein de détails techniques, ne se prête
pas à l'analyse; il importe d'ailleurs, Monsieur le Ministre, qu'il

soit mis en entier sous vos yeux. Nous nous bornerons ici à résumer les impressions que ce rapport, ainsi que la visite des galeries au mois de Juillet dernier, ont laissées à la Commission, et à insister sur les réformes dont la nécessité nous a été démontrée.

L'état des collections en général attestait, de la part des Professeurs du Muséum, un véritable zèle pour l'avancement de la science; il n'attestait pas au même degré chez tous l'entente de l'ordre matériel et l'esprit de méthode.

Dans certaines galeries, trop de places étaient vides, en raison des objets emportés par les Professeurs pour les travaux de classification.

La pose des étiquettes sur chaque objet, mesure si utile pour l'étudiant et instructive pour tous, laissait beaucoup à désirer.

Les travaux des laboratoires, ceux de classification notamment, n'étaient pas menés partout avec activité; il en résultait, pour certaines galeries, l'apparition tardive d'espèces nouvelles ou d'échantillons uniques désirés du public savant.

Quant aux éléments de la comptabilité matérielle du Muséum, le rapport de la Sous-Commission établit qu'ils présentent de regrettables lacunes.

Il n'existe pas d'inventaire des richesses accumulées dans cet immense dépôt, et il y a impossibilité, dans l'état actuel, d'en dresser un.

Dès l'origine des collections, l'enregistrement des objets d'histoire naturelle a été presque absolument négligé.

Depuis vingt-cinq ou trente ans, le zèle de plusieurs Professeurs a introduit dans les registres d'ordre et dans l'avancement des catalogues scientifiques une régularité et une activité satisfaisantes.

Mais ici apparaît d'une manière saillante, le défaut d'unité inhérent à l'organisation administrative de cet établissement. Aucune règle uniforme n'est prescrite pour l'enregistrement des objets qui viennent prendre place dans les galeries. Chaque Professeur a sa méthode et tient ses livres comme il l'entend. Plusieurs se distinguent par la régularité et la concordance de leurs divers registres, d'autres se contentent d'indications suffisantes pour les guider eux-mêmes au milieu de leur collection, mais sans valeur en bonne comptabilité.

Sur cet article, il reste à la Commission à formuler ses vœux:

Il est urgent d'introduire dans tous les services du Muséum une comptabilité régulière et uniforme.

La confection d'un inventaire général de tous les objets quelconques qui sont dans les collections, dans les magasins, laboratoires, ateliers, &c. doit être le premier soin de la nouvelle administration.

Chaque Conservateur devra, sous la surveillance du Directeur, tenir, pour les collections confiées à ses soins, deux registres principaux:

Un registre d'entrée et de sortie;

Un registre d'ordre présentant l'inventaire, constamment mis à jour, des objets contenus dans la collection.

Dans certaines sections de l'histoire naturelle, comme la botanique et les insectes, pour lesquelles on allègue de graves difficultés d'inventaire détaillé en raison du nombre immense des individus, il serait commandé par le bon sens de procéder seulement par séries ou subdivisions.

Le Directeur, d'après le projet de la Commission, serait armé de moyens puissants pour mener promptement à bonne fin ce grand travail de l'inventaire, et pour le tenir ensuite au courant.

En effet, il aurait immédiatement sous ses ordres le personnel de ses bureaux; en outre, six Conservateurs (le bibliothécaire compris).

Il aurait pour auxiliaires obligés dans ce travail les quinze Professeurs et les quinze Naturalistes adjoints, dont le devoir est de compléter les catalogues scientifiques par la prompte détermination et classification des objets.

Enfin, il serait autorisé à employer extraordinairement, s'il le fallait, les Élèves du Muséum, et, en attendant la mise en vigueur de cette institution, des Naturalistes choisis au dehors, ou des étudiants désireux de faire servir ce travail même à leur instruction.

La Commission est convaincue qu'avec un emploi judicieux

de toutes ces ressources, un Directeur ferme et actif saurait, avant un an, établir l'ordre le plus satisfaisant dans toutes les parties de ce vaste dépôt.

Il nous reste à dire quelques mots de la bibliothèque, et à présenter les observations de la Commission sur deux collections dont l'une est à établir dans un ordre nouveau, et l'autre est à créer.

La bibliothèque du Muséum n'est pas sa moindre richesse. Considérablement accrue depuis quelques années par la munificence de l'État, elle contient aujourd'hui 41,000 volumes, de précieux manuscrits, un grand nombre de cartes marines, géographiques et géologiques, enfin 15,500 dessins originaux, dont 5,500 forment la collection si estimée du monde savant et artistique, sous le nom de Vélins du Muséum.

Cette bibliothèque est tenue dans le plus grand ordre, les catalogues partiels ne laissent rien à désirer. Le catalogue général méthodique est fort peu avancé et demande à être poussé avec activité.

Le prêt des livres avec faculté de les emporter, est, comme chacun le sait, le fléau des bibliothèques publiques. Ce mal s'aggrave lorsque les emprunteurs sont des hommes de science revêtus d'un caractère officiel et devant lesquels l'autorité du bibliothécaire pourrait fléchir. Au Muséum il sera nécessaire que le Directeur surveille avec soin l'exécution du règlement en ce qui touche la bibliothèque, et que des lettres de rappel fassent rentrer promptement des ouvrages utiles à tous et qui séjournent parfois trop longtemps entre les mains des Professeurs.

La paléontologie, qui n'a pas encore son enseignement spécial, a depuis longtemps sa collection, monument des travaux de l'illustre Cuvier, et qui prend chaque jour de notables accroissements. Mais là se rencontre une difficulté qu'il ne faut pas tarder à résoudre.

La paléontologie embrasse toutes les branches de l'histoire naturelle. Dans chacune d'elles, à coté des êtres appartenant aux espèces vivantes, on peut placer les débris fossiles des espèces qui ont vécu à d'autres âges du monde, depuis les grands mammifères jusqu'aux coquillages et aux végétaux mêmes.

Concentrer dans une collection unique tant d'êtres divers retrouvés dans les différentes couches du globe, sans les rattacher individuellement aux espèces et aux familles auxquelles ils appartiennent, ce serait restreindre les développements de la science et la priver, dans chacune de ses spécialités, d'un puissant élément d'étude et de rapprochements lumineux.

D'un autre côté, la science paléontologique exige d'être considérée sous un point de vue d'ensemble. C'est l'histoire des époques et des révolutions successives du globe écrites avec des ossements et des végétaux fossiles. Il est interdit, sous peine de rendre inintelligibles ces annales de l'ancien monde, d'en éparpiller les documents essentiels entre dix collections différentes.

Il y a là nécessairement un système mixte à pratiquer.

il faut au Muséum une collection paléontologique qui présente
d'une manière complète, mais dans leurs types principaux seulement, les diverses séries d'êtres fossiles; mais il ne faut pas moins
faire retourner à l'anatomie comparée, à toutes les branches de
la zoologie et à la botanique, les nombreux individus qui leur appartiennent et qui ne sont pas indispensables à la classification
paléontologique.

    Une cause considérable de détérioration et d'apauvrissement
des galeries d'histoire naturelle, c'est la nécessité où l'on est de
leur emprunter sans cesse, pour les démonstrations dans les amphithéâtres, des objets qui s'altèrent facilement par le déplacement et le transport. Au Muséum, ce mal est très-sensible. La
seule collection d'anatomie comparée est obligée de fournir des
objets d'étude pour cinq cours différents, et il est facile de comprendre à quelles chances de perte ou de dégradation ces objets
souvent délicats sont exposés.

    Pour remédier à ce mal, il est nécessaire qu'une collection
spéciale d'études soit formée dans le voisinage des amphithéâtres;
les doubles ne manquent pas dans les magasins; ils seraient de
cette manière utilisés. Ce qui s'est opposé le plus jusqu'à ce jour
à l'établissement de cette collection, c'est le défaut d'emplacement
convenable. Nous reviendrons sur ce point, en traitant plus bas
des constructions qu'il est indispensable d'exécuter pour assurer
divers services du Muséum.

4ᵉ Partie.

Traitements, logements, pensions de retraite.

La Commission ne pourrait porter son examen sur l'organisation administrative et scientifique du Muséum sans que son attention fût appelée sur la rémunération des différents ordres de Fonctionnaires et d'employés de cet établissement.

D'une manière générale elle doit vous dire, Monsieur le Ministre, que les traitements affectés aux Professeurs, Fonctionnaires et Agents divers du Muséum sont d'une extrême modicité, et que, si les finances de l'État étaient plus prospères, il y aurait lieu d'en rehausser plusieurs. La Commission doit ajouter, dans un esprit de justice, que l'Administration du Muséum entre les mains des Professeurs a fait constamment preuve d'une rigide économie dans sa gestion.

Si le projet de la Commission vient à être sanctionné, il appartiendra au Conseil de surveillance et de perfectionnement d'étudier les détails de chaque service, d'en apprécier tous les besoins et de préparer les éléments d'un budget nouveau pour le Muséum.

Mais il est un point qui se rattache trop essentiellement à la réorganisation de cet établissement pour que la Commission n'en ait pas fait l'objet d'une proposition. Nous voulons parler des pensions de retraite qu'il convient d'assurer, à l'aide d'une retenue sur les traitements, aux Fonctionnaires et Employés du Muséum.

Dans l'état actuel, il n'existe au Muséum ni retenues, ni pensions de retraite. De là découle une conséquence inévitable, c'est le maintien dans leurs fonctions, jusqu'aux dernières limites de la vieillesse et de l'infirmité physique et morale, des hommes qui occupent une position dans cet établissement.

Sans doute, il y a quelque chose qui blesse les convenances et l'humanité à mettre hors de cadre sans aucune compensation, à priver de leur seul moyen d'existence des vieillards qui, dans leur virilité, ont bien servi la science et leur pays; mais, d'une autre part aussi, combien n'est-il pas regrettable de voir l'affaiblissement sénile et la décrépitude remplacer dans une chaire, dans une fonction importante, la vigueur et l'activité d'esprit nécessaires pour la force de l'action administrative ou le succès de l'enseignement?

Dans la plupart des services publics, dans l'Université spécialement, on prévient cette fâcheuse alternative par un système bien combiné de retenues et de retraites. La Commission propose d'appliquer, en général, ce système aux Fonctionnaires et Employés du Muséum. Sans doute, cette caisse spéciale des retraites, ne pourra, surtout dans les premières années de sa fondation, se passer de quelque subvention de l'État, mais ce sacrifice, l'État le fait dans de larges proportions pour divers ordres de fonctionnaires. N'aura-t-il pas au moins les mêmes raisons de le faire, sur une échelle très-restreinte, pour d'honorables vieillards voués, pendant toute leur vie, au culte désintéressé de la science.

Même dans les corps administratifs ou judiciaires où le système des retraites est organisé, des considérations d'intérêt personnel, des causes très-secondaires amènent parfois des ménagements pleins de faiblesse et nuisibles à l'intérêt public; des hommes dont la vie est pleine, et pour qui l'heure de la retraite a sonné, sont maintenus néanmoins dans l'exercice de fonctions dont ils ne savent plus soutenir le poids. La Commission, en vue de prémunir l'enseignement du Muséum contre cet abus, propose de déterminer un âge au delà duquel les Professeurs devront nécessairement prendre leur retraite, et de fixer cette limite à 75 ans. Elle propose en outre, comme mesure de dignité et de reconnaissance publique, de laisser aux rares vétérans de la science que cette mesure atteindra l'intégralité de leur traitement.

Un personnel nombreux est logé dans les dépendances du Muséum d'histoire naturelle, cela tient à la nature de plusieurs services qui demandent des soins ou une surveillance de jour et de nuit; cela tient beaucoup aussi à la disposition des lieux. Des adjonctions considérables faites au terrain primitif du Jardin des plantes y ont annexé bon nombre d'anciennes maisons et autres bâtiments situés en grande partie sur l'alignement de la rue de Cuvier; dès lors une plus grande facilité d'accorder des logements s'est introduite en raison de la possibilité d'y pourvoir.

En règle générale, on ne peut pas se dissimuler que les logements concédés dans un établissement public ne présentent des inconvénients de plus d'un genre. Il s'établit, par la force même des choses, une lutte sourde entre l'établissement lui-même, ses développements nécessaires les besoins de ses différents services et l'intérêt particulier qui a pris pied dans l'intérieur. L'établissement, être moral toujours assez faiblement défendu, est en grand danger d'avoir le dessous dans cette lutte. Il finit le plus souvent par être gêné et tenu à l'étroit, au grand détriment de l'intérêt public, tandis que l'intérêt particulier, s'il n'empiète pas, sait au moins parfaitement maintenir son terrain primitif.

Au Muséum d'histoire naturelle, ces inconvénients se font sentir. Alors qu'il s'enrichit, dans une progression rapide, d'objets nouveaux dont l'entretien ou l'exhibition exigent de vastes locaux, il rencontre partout, comme obstacle à ses développements, des constructions qu'il ne peut s'approprier ou transformer pour un usage public, parce qu'elles sont appliquées à des logements de Fonctionnaires ou Gens de service du Muséum.

La Commission, par son projet, a cherché le remède à cet inconvénient. Elle a reconnu le droit absolu au logement pour le Directeur et pour les fonctionnaires spécialement

attachés à la conservation des collections, elle ne l'a pas reconnu pour les Professeurs; il est évident, en effet, que déchar-
gés de l'administration et de la conservation des galeries, les
Professeurs peuvent, sans qu'aucune partie du service en souffre,
demeurer en dehors du Muséum.

Mais ici il importe de prévenir une confusion qui
pourrait se présenter à l'esprit. La Commission a voulu que
dans l'avenir le Muséum fût affranchi d'une charge incom-
patible avec ses développements les plus nécessaires; elle n'a pas
entendu réduire la position pécuniaire déjà bien modeste faite aux
Professeurs, il est clair que le logement en nature, qui leur est
attribué par l'Arrêté réglementaire du 21 Septembre 1793, doit
se traduire par une augmentation indirecte de traitement; il
est clair que, dans la fixation de ce traitement à 5.000 f et
dans le maintien de cette fixation qui est restée invariable
depuis plus de 50 ans, on a toujours eu égard à l'avantage in-
direct résultant du logement en nature. Le supprimer aujour
d'hui sans compensation serait plus qu'une dureté, ce serait
une injustice.

D'ailleurs, la suppression des logements concédés aux
Professeurs n'est pas généralement un besoin pressant et actuel.
Pour concilier sur ce point les droits de l'Administration su
périeure, l'intérêt des développements du Muséum, et l'équité
envers les Professeurs, la Commission propose d'accorder à ces
fonctionnaires le logement en nature, toutes les fois que l'état

des lieux et les besoins du service le permettent, et de disposer de ces logements pour un autre usage, moyennant indemnité suffisante, lorsque l'intérêt public le commandera.

5ᵉ Partie.

Constructions nouvelles.

Le Muséum d'histoire naturelle, par l'objet même qu'il doit remplir, est essentiellement progressif et susceptible d'extension. À mesure que notre globe est mieux exploré, mieux connu; à mesure que sa surface est plus profondément pénétrée et étudiée; le nombre des êtres de tous les règnes de la nature qui doivent venir prendre place dans les collections du Muséum s'accroit prodigieusement. La science découvre de nouveaux faits et de nouveaux principes, elle ajoute des branches nouvelles à celles déjà cultivées. Les espaces, les bâtiments qui avaient suffi jusque-là deviennent trop resserrés et trop au-dessous des besoins. Il y a nécessité d'élever des constructions nouvelles.

Dans l'état actuel du Muséum les collections renfermées dans la galerie construite depuis une douzaine d'années à l'est du jardin, sur la rue de Buffon, collections de géologie, paléontologie, minéralogie et botanique, sont convenablement installées. Les collections de zoologie, auxquelles est exclusivement consacré l'ancien cabinet d'histoire naturelle qui fait face au Jardin, présentent une disposition moins satisfaisante. L'ordre méthodique n'a pu y être observé, et la nécessité d'utiliser le mieux possible tous les emplacements a fait introduire dans ces galeries une confusion apparente. C'est ainsi que l'on trouve au rez-de-chaussée de grands mammifères à côté des zoophiles et des infusoires, et d'autres grands mammifères au second étage au milieu des familles d'oiseaux et de séries d'insectes et de mollusques.

Mais ce qui est véritablement affligeant et intolérable, c'est l'installation des collections d'anatomie comparée et d'anthropologie dans les vieux bâtiments situés à l'ouest du jardin, derrière les parcs des animaux ruminants.

La collection d'anatomie comparée, formée d'abord par l'illustre Cuvier, et qui a tant contribué à sa gloire, augmentée depuis des plus précieux débris, occupe quelques pièces d'un rez-de-chaussée et d'un premier étage qui manquent absolument des proportions nécessaires, c'est plutôt un magasin qu'une galerie; l'espace y manque à tel point, que plusieurs grands squelettes n'ont pu être montés, et gisent dans quelques coins comme un tas d'ossements sans valeur. Longtemps le public n'a pu, à raison de l'entassement des objets, être admis à la visiter, et les laboratoires sont encombrés de préparations que la collection ne saurait recevoir faute de place. Il est aisé de comprendre combien cette insuffisance et cette indignité des locaux réagit d'une manière fâcheuse sur la science et ses moyens de propagation. En outre, dans un tel état de choses, la responsabilité du Conservateur d'une collection s'affaiblit. Le mauvais entretien et le désordre y trouveraient même leur excuse.

L'anthropologie est plus maltraitée encore. Elle est reléguée dans une suite confuse de couloirs et de galetas de l'aspect le plus misérable, et complètement inaccessibles au public. C'est là que sont enfouies des richesses anatomiques et archéologiques du plus haut intérêt. Ajoutons, pour mieux expliquer cette déplorable installation de deux collections précieuses pour la science, que le bâtiment qui leur est consacré était autrefois l'établissement de la régie des fiacres de Paris, et que c'est par la transformation économique d'écuries et de greniers à foin en galeries d'histoire naturelle qu'on est arrivé à donner à l'anatomie comparée et à l'anthropologie l'asile que nous venons de décrire.

La Commission ne pense pas que l'Administration supérieure puisse souffrir plus longtemps une telle situation; elle afflige les Professeurs du Muséum, et ils ne s'y sont résignés que par insuffisance des ressources ordinaires, et par la crainte d'imposer à l'État de nouveaux sacrifices. L'État sans doute ne doit pas au Muséum des monuments, mais il doit à ses collections, qu'il entretient lui-même à grands frais, un abri décent et en rapport avec les besoins de la science. Nous sommes les premiers à réprouver pour les services publics ces fastueuses constructions où se déploie le génie, plus

ou moins bien inspiré, des Architectes. Au mal très-grave d'obé-
rer les finances de l'État, elles ajoutent souvent celui d'empri-
sonner, de gêner dans leurs masses de pierre des services toujours
variables dans leurs exigences et dans leurs développements.
Nous serions heureux de voir l'Administration en France entrer à cet égard dans une voie nouvelle. Déjà la haute indus-
trie, les entreprises de chemins de fer entre autres nous offrent,
dans le sens des constructions élégantes et économiques à la
fois, quelques bons modèles. Elles ont, plus d'une fois résolu
le problème de renfermer et de couvrir de grands espaces avec
des constructions légères peu dispendieuses, dont les proportions
satisfont le goût et les convenances, et qui promettent de durer
autant au moins que la phase présente des besoins auxquels
elles répondent. Voilà, Monsieur le Ministre, ce que la Commission prie le Gouvernement d'appliquer aux nécessités
d'agrandissement du Muséum.

MM. les Professeurs nous ont montré un plan gran-
diose de bâtiments nouveaux à élever, au Muséum, plan déjà
approuvé et adopté officiellement. Ce plan consiste dans la construction sur l'emplacement de la grande cour d'honneur,
en face du jardin, de galeries monumentales qui se ratta-
cheraient par des traverses latérales à l'ancien cabinet d'histoire naturelle. Nous ne discutons pas ce plan qui nous a
paru toutefois gravement déranger l'harmonie du Jardin
des plantes; nous nous bornons à cette observation capitale: ce

plan doit entraîner une dépense de deux millions au moins,
si on l'exécute; ce sera au grand détriment du Trésor public,
si on recule longtemps encore devant la dépense de son exécution, ce sera au grand dommage du Muséum, retenu
dans le déplorable provisoire que nous avons fait connaître.

La Commission a pensé, Monsieur le Ministre,
que ce qu'il y avait à faire, pour le mieux des intérêts du
Trésor public et du Muséum, c'était de se mettre bientôt à
l'œuvre, et de bâtir avec cent mille francs (à peine l'intérêt
annuel des millions nécessaires pour l'exécution du plan
monumental) de bâtir une vaste galerie provisoire de 150 m.
de long sur 12 ou 15 de large. Cette galerie, établie le long de la rue de Cuvier,
en simple rez-de-chaussée, avec un parquet en asphalte, une charpente
légère, un toit percé d'ouvertures vitrées, remplirait parfaitement sa destination; elle permettrait aux deux collections d'anatomie comparée et d'anthropologie de se produire aux yeux du
public dans l'ordre le plus parfait; elle faciliterait même
une combinaison heureuse, très-favorable à la science; elle permettrait de placer les mammifères en regard, dans la même
galerie, de leurs squelettes respectifs, et les galeries actuelles de
zoologie, désencombrées de cette classe du règne animal, ver-
raient s'établir dans les autres séries de leurs collections un
arrangement plus régulier et plus scientifique.

L'emplacement sur lequel cette galerie serait élevée
est actuellement occupé par un assemblage confus de constructions

diverses, de nulle valeur, entremêlées de quelques cours et jardins, et qui renferment un petit nombre de logements, des laboratoires et des ateliers, sous le rapport architectural, la construction de cette galerie remplacerait avantageusement, par une ligne régulière dont la simplicité n'exclurait pas le bon goût, le disgracieux chaos qui règne dans cette partie du Muséum. Plus tard, si de nouveaux développements devenaient nécessaires, rien ne serait plus aisé que de prolonger cette galerie, selon les besoins, à droite ou à gauche, sur une ligne qui n'a pas moins de 400 mètres d'étendue. Si, au contraire, des jours d'une prospérité imprévue permettaient de construire quelque monument pour recevoir les collections de la galerie provisoire, cette galerie ne serait point perdue. Par son emplacement, par la nature de sa construction, elle serait facilement utilisée à l'usage de remises, magasins, lieux de dépôt toujours nécessaires dans un établissement tel que le Muséum.

Enfin, dans le plan que propose la Commission, le bâtiment qui renferme aujourd'hui la collection de l'anatomie comparée serait conservé. Il formerait comme l'avant-corps de la galerie provisoire à laquelle il serait rattaché par deux ailes en retour, dans ce local, heureusement situé entre les deux amphithéâtres du Muséum, serait placée, la collection d'étude dont nous avons proposé plus haut la formation. Les salles du 1er étage suffiraient pour cet objet, et le rez-de-chaussée serait consacré aux laboratoires et ateliers que l'Administration prendrait soin de concentrer en cet endroit.

Une seule objection quelque peu plausible a été faite à cette proposition: La construction de la galerie provisoire atteindrait les bâtiments occupés par deux ou trois Professeurs, et les priverait ainsi du logement auquel ils ont droit.

La réponse est dans le projet même de la Commission, qui accorde une indemnité de logement aux Professeurs qui cessent de l'avoir en nature. Il en coûtera sans doute à l'État quelques milliers de francs pour indemnités; mais l'État aura fait encore une assez bonne affaire en évitant de dépenser en pierres de taille les quelques millions où les plans monumentaux menacent de l'entraîner.

Conclusion.

La Commission, Monsieur le Ministre, quelle que fût l'étendue de son travail, n'a cru devoir négliger aucune des questions importantes qui intéressent la prospérité et l'avenir du Muséum d'histoire naturelle.

Pour mieux préciser les solutions, résultat de son examen, elle les a formulées en articles d'un projet d'organisation qu'elle soumet à vos lumières et qui peut se résumer en quelques mots.

Rétablir, quant au Muséum, la règle nécessaire de la liberté d'action et de la responsabilité du pouvoir central.

Donner à l'Administration de cet établissement, en la

plaçant dans les mains d'un Directeur délégué du pouvoir central, l'unité et la force d'initiative dont elle manque;

Encourager les progrès des sciences naturelles en assurant, aux hommes distingués qui les cultivent, une carrière et la juste rémunération de leurs travaux;

Garantir par des mesures d'ordre et de bonne comptabilité la conservation d'un précieux dépôt de richesses publiques;

Tel a été le but de la Commission; tels sont les résultats qu'elle désire que la sollicitude persévérante du Gouvernement poursuive et atteigne.

Elle a traité en outre quelques questions secondaires qui rentraient dans la sphère de son examen; elle en a réservé un plus grand nombre au règlement intérieur qui devra s'occuper des choses de détail, et aux délibérations du Conseil de surveillance et de perfectionnement appelé à étudier les besoins des différents services et à y pourvoir.

La Commission, Monsieur le Ministre, vous défère avec confiance ses idées d'amélioration et de progrès pour le Muséum d'histoire naturelle; elle les croit justes et praticables, et s'estimerait heureuse de vous voir partager à cet égard ses convictions. S'il en arrivait ainsi, votre fermeté, soutenue par l'espoir de servir les intérêts de la science, s'engagerait résolument dans la voie des réformes, et ce ne serait pas le moindre honneur de votre Administration que d'avoir ravivé l'éclat et la force d'un de nos établissements scientifiques de premier ordre.

Projet.

Projet d'Organisation Nouvelle

du

Muséum d'histoire Naturelle.

Titre 1er — Administration.

Article 1er

Le Muséum d'histoire naturelle sera administré par un Directeur-Conservateur.

Art. 2

Le Directeur Conservateur sera nommé par le Président de la République, sur une double liste de présentations proposée par l'Académie des Sciences et par le Conseil supérieur de l'Instruction publique.

Il sera révocable sur la proposition du Ministre de l'Instruction publique.

Art. 3

Il y aura incompatibilité entre les fonctions de Directeur-Conservateur du Muséum et tout autre emploi public. Si ce fonctionnaire a été choisi parmi les Professeurs du Muséum, il devra cesser de prendre part à l'enseignement.

Art. 4

Le Directeur-Conservateur assurera et surveillera tous les services du Muséum. Il fera exécuter les lois et règlements spéciaux à cet établissement.

Il sera chargé de la garde et conservation de tous les objets contenus, soit dans les collections, soit dans les magasins et ateliers du Muséum; il en sera responsable.

En cas de vacance parmi les fonctionnaires du Muséum, autres que les Professeurs, il proposera au Ministre une liste de Candidats.

Il nommera, suspendra et révoquera, s'il y a lieu, les Employés et gens de service du Muséum; dans les cas et selon les formes déterminées par le règlement intérieur.

Art. 5

Le Directeur-Conservateur sera suppléé, en cas d'empêchement, par un membre du Conseil de surveillance et de perfectionnement désigné à l'avance, à cet effet, par le Ministre de l'Instruction publique; ce suppléant ne pourra être choisi parmi les Professeurs du Muséum membres du Conseil.

Art. 6

Le Directeur-Conservateur, lors de son entrée en fonctions, fera procéder à un inventaire général, ou au récolement des objets désignés en l'art. 4.

Art. 7

Le règlement intérieur du Muséum déterminera le

nombre et la forme des registres qui, sous la responsabilité du Directeur, devront être tenus, soit pour constater les entrées et les sorties, soit pour former le catalogue de chaque collection.

Art. 8.

Cinq Conservateurs adjoints seront, sous l'autorité du Directeur, chargés de la garde et conservation des objets contenus dans les collections.

Ils seront nommés par le Ministre sur une liste de présentation proposée par le Directeur et communiquée au Conseil de surveillance et de perfectionnement, qui donnera son avis sur les candidats.

Art. 9.

Les Conservateurs adjoints tiendront les registres d'ordre prescrits par le règlement en vertu de l'article 7 du présent projet.

Art. 10.

Un Secrétaire-Trésorier sera, sous l'autorité du Directeur, préposé aux bureaux, à la garde des archives et au mouvement des fonds, et sera soumis au cautionnement et justiciable de la Cour des Comptes.

Art. 11.

Il sera institué auprès du Muséum un Conseil de surveillance et de perfectionnement composé de seize membres nommés par le Président de la République.

douze sur la proposition du Ministre; quatre sur la présentation de l'assemblée générale des Professeurs, et choisis parmi eux :

Art. 12

Les membres du Conseil de surveillance et de perfectionnement seront nommés pour 6 ans et renouvelés par moitié après trois ans, les membres sortant pourront toujours être institués de nouveau.

Art. 13

Le Conseil de surveillance et de perfectionnement se réunira de droit au Muséum tous les mois. Il pourra être convoqué extraordinairement par le Ministre de l'Instruction publique et par le Directeur du Muséum.

Il nommera pour trois ans, au scrutin, son Président et son Secrétaire.

Art. 14.

Les fonctions du Conseil de surveillance et de perfectionnement seront gratuites.

Des jetons de présence seront distribués aux membres qui assisteront aux séances.

Tout membre qui, sans motifs valables, aura cessé pendant une année d'assister aux séances, sera réputé démissionnaire et remplacé.

Art. 15.

A son entrée en fonctions, le Conseil de surveillance et

de perfectionnement discutera et arrêtera, sur la proposition du Directeur, le règlement intérieur du Muséum.

Les modifications ultérieures qui pourront être apportées à ce règlement seront, dans la même forme, délibérées par le Conseil.

Art. 16.

Le Directeur sera tenu de prendre l'avis du Conseil de surveillance et de perfectionnement lorsqu'il s'agira.

De révoquer tout Employé dont le traitement sera de 1,200 francs et au-dessus;

De dresser le budget des dépenses du Muséum, et de répartir entre les différents services les allocations votées par l'assemblée nationale;

D'appliquer à un chapitre du budget du Muséum des fonds restés libres sur un autre chapitre;

De former des demandes de crédits supplémentaires et extraordinaires,

De dresser le programme des constructions nouvelles ou appropriations à faire au Muséum, et d'approuver les plans et devis de l'Architecte pour ces travaux;

De passer avec les fournisseurs pour les différents services du Muséum, des marchés au-dessus d'une valeur de 500 francs.

Art. 17.

Dans les cas prévus par l'article précédent, comme

dans tous ceux où le Directeur devra prendre l'avis du Conseil de surveillance et de perfectionnement; en cas de dissentiment entre ce Conseil et lui; il sera tenu d'en référer au Ministre.

Art. 18.

Le Conseil de surveillance et de perfectionnement sera chargé de l'inspection du Muséum. Cette inspection aura lieu au moins une fois chaque année.

A cet effet, le Conseil nommera, au scrutin, une commission de trois membres qui visitera les collections, la bibliothèque, les archives, les amphithéâtres, laboratoires, ménageries, jardins, serres, ateliers et magasins du Muséum.

Elle se fera représenter les catalogues et généralement tous les registres d'ordre prescrits par le règlement.

Art. 19

Le rapport de la Commission d'inspection sera transmis par le Directeur au Ministre de l'Instruction publique.

Un double de ce rapport sera déposé au Secrétariat et communiqué, sur leur demande, aux Professeurs et autres fonctionnaires

Titre 2. — Enseignement.

Art. 20.

Le nombre des chaires au Muséum d'histoire naturelle

sera de quinze au moins, entre lesquelles l'enseignement
sera réparti de la manière suivante :

1° Anatomie comparée,

2° Physiologie comparée ;

3° Anthropologie ;

4° Zoologie (mammifères, oiseaux);

5° ⸻ (serpents, poissons);

6° ⸻ (insectes, arachnides, crustacés);

7° ⸻ (mollusques, annelés);

8° ⸻ (zoophites, infusoires, spongiaires);

9° Anatomie et physiologie végétales;

10° Botanique;

11° Culture;

12° Géologie,

13° Minéralogie;

14° Physique du globe;

15° Chimie appliquée.

Art. 21.

Les Professeurs actuellement Titulaires seront conservés
dans leurs fonctions, sauf la limite d'âge fixée par l'art. 35.

Art. 22.

Aucun changement ne pourra être introduit, soit
dans le nombre des chaires, soit dans la distribution de
l'enseignement, que sur l'avis du Conseil de surveillance et de
perfectionnement et par décret du Président de la République

Art. 23

L'enseignement donné par chacun des Professeurs sera renfermé dans une période de trois années.

Les cours seront, chaque année, d'une durée de six mois, et le nombre des leçons sera au moins de deux par semaine.

Art. 24.

L'assistance aux cours sera obligatoire pour les Étudiants qui aspireront au diplôme d'Élève du Muséum.

Art. 25.

L'enseignement du Muséum sera réparti entre trois sections distinctes.

Des examens correspondants aux matières enseignées dans chacune des sections auront lieu chaque année à l'expiration des cours.

Les Étudiants désigneront la section dans laquelle ils voudront être classés pour les examens.

Art. 26.

Les cours du Muséum, les examens et la délivrance des diplômes seront gratuits.

Art. 27.

Seront reçus Élèves du Muséum de 2ᵉ classe les Étudiants qui auront suivi les cours pendant deux ans, et satisfait aux examens de première et de deuxième année.

Art. 28.

Seront reçus Élèves du Muséum de 1ʳᵉ classe les

Élèves de 2ᵉ classe qui auront satisfait à l'examen de troisième année.

Art. 29.

A partir du 1ᵉʳ Janvier 1854, les trois quarts au moins des emplois d'un traitement de 1,200 francs et au-dessus, qui deviendront vacants au Muséum, seront réservés aux aspirants pourvus du diplôme d'Élève du Muséum de 1ʳᵉ ou de 2ᵉ classe.

Seront exceptées les fonctions de Directeur-Conservateur, de Professeur et de Secrétaire-Trésorier.

Art. 30.

Le Directeur pourra attacher, pour un temps limité, à un des services du Muséum un ou plusieurs Élèves de 1ʳᵉ ou de 2ᵉ classe.

En ce cas, sur l'avis du Conseil de surveillance et de perfectionnement, une indemnité pourra être allouée aux Élèves attachés.

Le Conseil déterminera le taux de cette indemnité, qui ne pourra excéder par chaque mois le chiffre de 200 francs.

Art. 31.

Des Naturalistes adjoints, au nombre de quinze, seront nommés pour assister les Professeurs dans les travaux de leur enseignement.

Chaque Professeur, dans les formes qui seront déterminées par le règlement, aura le droit de désigner, parmi les aspirants au titre de Naturaliste-adjoint, celui qu'il entendra attacher à son cours. Le Directeur présentera le Candidat ainsi désigné à l'agrément du Ministre.

Les Naturalistes adjoints travailleront, sous la direction des Professeurs, à la détermination et à la classification des objets compris dans la collection à laquelle ils seront spécialement attachés.

Art. 32.

Les fonctionnaires actuels connus sous le nom de Gardes des Galeries, Aides-naturalistes et Aides-préparateurs des cours seront maintenus dans leurs fonctions, et compris, les premiers, au nombre des Conservateurs adjoints, les autres, au nombre des Naturalistes adjoints.

Art. 33

Les Professeurs du Muséum seront nommés, à chaque vacance, par le Président de la République, sur une double liste de présentation proposée par l'assemblée générale des Professeurs et par l'Académie des sciences.

Art. 34

En cas d'empêchement pour le Professeur de faire son cours, il proposera un suppléant à l'agrément du Conseil de surveillance et de perfectionnement.

Les suppléants seront choisis parmi les fonctionnaires du Muséum, ou au dehors, s'il y a lieu.

Les suppléants des Professeurs pour les examens seront choisis par le Directeur parmi les Conservateurs et Naturalistes adjoints.

Art. 35.

Lorsqu'un Professeur aura cessé, pendant trois ans, de faire son cours, soit qu'il en ait été empêché pour cause de maladie, soit qu'il ait été retenu par toute autre circonstance et sans autorisation supérieure; il sera réputé démissionnaire, et il sera pourvu à son remplacement, sans préjudice toutefois des dispositions contenues au titre des retraites.

Art. 36

Le Professeur qui aura accompli sa 75e année cessera ses fonctions, et sera admis à faire valoir ses droits à la retraite.

Il recevra le titre de Professeur honoraire.

Lorsque le Professeur admis à la retraite à raison de son âge aura au moins quinze ans de services au Muséum; il conservera jusqu'à la fin de sa vie les traitements et avantages attachés à sa fonction.

Les Professeurs honoraires feront partie de droit du Conseil de surveillance et de perfectionnement en dehors du nombre de membres fixé par l'article 11.

Art. 37

Les Conservateurs adjoints, les Naturalistes adjoints et les Élèves du Muséum de 1re classe pourront être autorisés à faire au Muséum des cours publics sur des matières spéciales.

Cette autorisation leur sera donnée s'il y a lieu, sur la la proposition du Directeur par le Conseil de surveillance et de perfectionnement, le Professeur entendu.

Art. 38.

Chaque année, après la fermeture des cours, chacun des Professeurs transmettra au Directeur un rapport où il exposera la nature de ses travaux pendant l'année; la direction par lui donnée à son enseignement et les résultats obtenus.

Il fera connaître, en outre, dans ce rapport, l'état de la collection qu'il dirige, les accroissements qu'elle aura reçus, les progrès accomplis dans la détermination et la classification des objets, et dans la confection du catalogue.

Il émettra ses vœux pour les améliorations et pour l'extension que son enseignement réclamera.

Il annoncera les changements qu'il se proposera d'introduire dans la classification de la branche d'histoire naturelle dont il est chargé.

Art. 39.

Les rapports annuels des Professeurs, avec les observations du Directeur et le résumé des délibérations du Conseil de surveillance et de perfectionnement sur ces rapports, seront soumis au Ministre de l'Instruction publique.

Art. 40.

Ces documents seront publiés dans un recueil que l'Administration du Muséum fera paraître régulièrement chaque année.

Ce recueil contiendra, en outre, la désignation des objets principaux dont les collections se seront enrichies dans l'année par achats, dons ou échanges.

Il sera distribué à tous les établissements publics d'histoire naturelle, à toutes les Facultés et à tous les Lycées de la République.

Art. 41.

Indépendamment de son rapport annuel, chaque Professeur pourra toujours, dans les limites du service dont il est chargé, adresser par écrit au Directeur des observations et des demandes sur lesquelles le Directeur devra prendre l'avis du Conseil de surveillance et de perfectionnement.

Art. 42.

En cas de modifications importantes dans le matériel des amphithéâtres, laboratoires et collections, le Directeur devra prendre préalablement l'avis du Professeur.

S'il y a dissentiment entre eux, le Conseil de surveillance et de perfectionnement prononcera, après les avoir entendus respectivement dans leurs observations.

Art. 43.

Les dons, achats ou échanges d'objets d'histoire naturelle ne pourront avoir lieu que sur l'avis du Professeur et avec l'autorisation du Directeur.

S'il y a entre eux dissentiment, ou si la valeur des objets dépasse 1,000 f., le Directeur devra prendre l'avis du Conseil de surveillance et de perfectionnement.

Art. 44.

Il sera toujours rendu compte par le Directeur au Ministre des dons gratuits faits par l'Administration du Muséum, quelle que soit la valeur des objets donnés.

Art. 45.

Les Professeurs, fonctionnaires ou Employés du Muséum ne pourront posséder des collections particulières d'objets d'histoire naturelle.

Cette règle ne pourra recevoir d'exception que dans des circonstances extraordinaires dont le Conseil de surveillance et de perfectionnement sera juge.

Art. 46.

Chaque année, il y aura au Muséum une séance publique, dans laquelle le Directeur rendra compte de l'état général des différents services du Muséum: trois Professeurs délégués par leurs collègues, y rendront compte des travaux du Muséum dans les différentes branches de l'histoire naturelle.

Ces comptes rendus seront insérés dans le recueil annuel des travaux du Muséum.

Art. 47.

Des voyageurs, en nombre indéterminé, seront attachés au Muséum pour les recherches scientifiques en vue d'accroître les collections d'histoire naturelle.

A dater du 1er Novembre 1854, pourront seuls recevoir du Ministre le titre de voyageurs du Muséum les Aspirans pourvus du diplôme d'élève du Muséum de 1re classe.

Les trois quarts au moins des missions seront donnés aux voyageurs du Muséum. Ils recevront pour chacune d'elle une indemnité sur les fonds alloués à cet effet par le budget de l'État.

Aucune mission ne sera confiée à un voyageur du Muséum, ou autre, que sur la demande d'un Professeur, et sur l'avis du Conseil de surveillance et de perfectionnement.

Art. 48.

Les Chefs d'ateliers, préparateurs Jardiniers, et autres Agents, même lorsqu'ils seront spécialement attachés au cours d'un Professeur, resteront sous l'autorité du Directeur et seront tenus d'exécuter ses ordres.

Art. 49.

Les fonctionnaires logés de droit au Muséum seront :

Le Directeur-Conservateur ;

Les Conservateurs adjoints,

Le Bibliothécaire,

Le Secrétaire-Trésorier :

Les Professeurs à qui l'état des lieux ne permettra pas d'attribuer un logement au Muséum recevront une indemnité de logement de 1000 fr. par année.

Le Conseil de surveillance et de perfectionnement, sur la proposition du Directeur, distribuera les logements entre les ayants droit et décidera, lorsqu'il y aura lieu, quant aux Professeurs, de substituer l'indemnité au logement effectif.

Art. 50.

Le règlement intérieur déterminera quels seront les Employés et gens de service logés au Muséum.

Le Directeur leur assignera leurs logements respectifs.

Titre 3. — Retraites.

Art. 51.

Il sera établi pour les fonctionnaires et Employés du Muséum une caisse de retraite, au moyen d'une retenue de 5 p % sur tous les traitements, et d'une subvention de l'État s'il y a lieu.

Art. 52

Aura droit à la pension de retraite tout fonctionnaire ou Employé du Muséum qui comptera 30 années de services et 60 ans d'âge.

Pour les fonctionnaires ou Employés qui auront été choisis parmi les Élèves du Muséum de 1re classe, le temps de service datera de l'époque où ils auront été admis à ce grade.

Art. 53

Le minimum de la pension de retraite sera des trois cinquièmes du traitement calculés sur la moyenne des trois dernières années. Ce minimum s'accroîtra d'un vingtième du traitement par chaque année au delà du nombre de 30. Le maximum de la retraite ne pourra jamais excéder l'intégralité du traitement ni dépasser 5,000 francs.

Art. 54

En cas de cessation d'emploi pour cause de maladie ou d'infirmités contractées dans les travaux scientifiques ou matériels du Muséum, si le démissionnaire a 10 ans de services, le Ministre, sur l'avis du Conseil de surveillance et de perfectionnement, pourra lui accorder une pension dont il déterminera la quotité dans les limites du minimum des pensions de retraite.

Paris, le 6 Janvier 1850.

Signé à la minute:

Héricart de Thury, Président de la Commission.

H. Corne, Rapporteur.

Ch. Deville, Secrétaire.

Certifié conforme à la minute:

Le Chef du bureau des Corps savants et des Travaux historiques,

Léon Halévy.